ODE

POVR MONS

GNEVR LE DV

DE GVISE.

A PARIS,

Chez IEAN METAIS, Imprimeur
meurant à la orte sainct Victor

C.

ODE

POVR MONSE
GNEVR LE DVC
DE GVISE.

VOVS qu'vne aueugle Deïr
Detient laschement en seru
Vantez, sans cesse la beauté
Qui possede vostre courage:
Moy que le temps & la raison,
Ennemis de ce doux poison,
Ont deliuré de ces alarmes,
Ie veux d'vn soin plus glorieux
Vanter vn Prince dont les charmes
Sont les delices de nos yeux.

A

Nimphes, ô neuf belles sœurs,
Qui vous plaisez qu'on vous amuse
En ces amoureuses douceurs,
Souffrez que ie vous les refuse,
Et souffrez encor cet ennuy
Que ie vous presente auiourd'huy
Vn entretien sans point de fables:
Car il me faut vous raconter
Tant de merueilles veritables
Que ie n'y puis rien adiouster.

Et toutesfois si mon discours
Represente au vray ses merueilles
Que nous admirons tous les iours
En ses qualitez non pareilles:
Guerrier inuincible il me faut
Releuer ta gloire si haut
Que nulle autre n'approche d'elle:
Tellement qu'en parlant de toy
Plus mon discours sera fidelle,
Et moins il trouuera de foy.

Car si i'ose t'entretenir
De ceux de qui tu suis la trace,
Et rappelle à mon souuenir
Les premiers autheurs de ta race
I'y rencontre de toutes pars
Tant d'Hercules & tant de Mars
Qui font honte au siecle où nous so
Que ie trouue dans tes ayeux
Plus difficilement des hommes
Que ie n'y trouue pas des Dieux.

Mais vn braue cœur ne croit pas
Que ce luy soit grand aduantage
De loüer ceux que le trespas
A rauis à son parentage:
Au contraire c'est aduoüer
Qu'on n'a pas dequoy le loüer
Dedans ses propres aduentures,
Et l'orner bien honteusement
Que de foüiller les sepultures
Pour luy chercher de l'ornement.

t puis auec quelle couleur
De tes ayeuls peut-on mieux peindre,
Et la clemence & la valeur
Où nul autre ne peut atteindre,
Qu'en defcriuant la verité
De ton cœur & de ta bonté,
Qui d'vn bon heur efmerueillable
T'ont fait fi vaillant & fi doux,
Que fi tu leur es diffemblable,
C'eft que tu les furpaffes tous.

qu'il fait bon voir difputer
Ton courage auec ta clemence,
Lors qu'elle fe laiffe irriter
Au fentiment de quelque offenfe,
Ta bonté veut tout pardonner,
Ton cœur veut tout exterminer:
Mais quelque fureur qui l'attife,
Dés auffi toft qu'en ces combas
Ta douceur trouue vn peu de prife,
Ton courroux met les armes bas.

C'eſt dedans les deportemens
De l'aage où regne l'innocence,
Que l'on cognoiſt les mouuemens
D'vne genereuſe naiſſance:
C'eſt auſſi dans les actions
De tes premieres paſſions
Que ta vertu ſe fit connêtre:
Car en ton enfance elle a fait
Tout ce qu'on pouuoit ſe promettre
Des vertus d'vn aage parfait.

A peine ton bras aſſez fort
Pouuoit encor tenir l'eſpee,
Lors que d'vn genereux effort
On la veiſt iuſtement trempee
Dedans le ſang audacieux
De cet eſprit ambitieux,
Qui voulant tromper ta ieuneſſe
D'vne iniuſte rebellion,
Appriſt qu'il n'eſt point de foibleſſe
En la ieuneſſe d'vn Lyon.

ors que desdaignant les plaisirs
Où ce premier aage s'adonne,
Excité de plus beaux desirs
Tu courus à ceux de Bellonne:
O grand Prince n'estois-tu pas
En vn aage encor si bas
Qu'on s'estonnoit de ton courage,
Te voyant toy-mesmes autheur
D'exploicts dont nul autre en cet aage,
N'oseroit estre spectateur?

u nd ton bras fatal à l'orgueil:
D'vne incomparable vaillance,
Mist cet Espagnol au cercueil
Qui voulut esprouuer ta lance:
Seulement le premier coton
Paroissoit dessus ton menton,
Et ceste nation hautaine,
Dont ton cœur alloit triomphant,
Veist honteuse vn vieux Capitaine,
A la mercy d'vn ieune enfant.

Tel eſtoit auant que l'horreur
De tant de combats effroyables
Euſt mis dans ſes yeux la fureur
Par tant d'obiects impitoyables:
Ce Dieu qui ne prend ſes esbats
Que dans la terreur des combats,
Quand pouſſé d'vne ieune audace
Il parut la premiere fois,
Dedans les campagnes de Trace,
Halletant deſſous le harnois.

Comme les forces de ton corps
Depuis lors ſe ſont augmentees,
Tes vertus auſsi depuis lors
Tous les iours ſont plus haut mont
Et les graces de ton Prin-temps
Croiſſant touſiours auec le temps,
Ont porté ſi haut ton merite,
Qu'on peut encor auec raiſon,
Pour auoir eſté trop petite,
Blaſmer ceſte belle ſaiſon.

uel exploict se peut comparer.
Au bien que tu feis à la France,
Lors que tu nous vins asseurer.
Par ceste heureuse deliurance,
Qui par vn miracle euident.
Retira de son occident
Marseille à son Prince rebelle,
Sur le point que sans ton support,
Toute vne Prouince auec elle
Faisoit naufrage dans son port.

os ennemis victorieux.
Celebroient desia leur conqueste,
Et d'vn butin si glorieux.
Commençoient de faire la feste:
Ceste belle & grande Cité
Voyoit de sa captiuité
Faire desia les feux de ioye,
Quand par vn iuste chastiment.
Ce qui deuoit estre leur proye
ut tout à coup leur monument.

Tel que le pauure mesnager,
Qui voyant sa peine bornee,
Et sa moisson hors du danger
Qu'il auoit craint toute l'annee:
Tout à coup de dueil accablé
Void fondre au milieu de son blé
Vne espouuentable tempeste,
Qui brusle sans mercy les grains
Que la faulx estoit desia preste
De luy liurer entre les mains.

Tel fut lors ce peuple insolent,
Dont l'ambitieuse manie
Va toute raison violant,
Pour accroistre sa tyrannie,
Quand il apprit que ta valeur
Auoit mis à bas ce voleur
Qui luy vendoit nostre franchise,
Et que les destins coniurez
Luy faisoient lascher vne prise
Qu'il tenoit desia dans ses rez.

epuis que le plus grand des Rois
Pour le Ciel eut quitté la terre,
Les François contre les François
Ont fait vne eternelle guerre:
Tous les ans quelque feu nouueau
A failly de mettre au tombeau
Cet heureux & puissant Empire,
A qui sa force & son destin,
Si luy-mesme ne se deschire,
Promettent vn regne sans fin.

ais tousiours n'auons-nous pas veu
Durant ceste extreme licence,
Que nul artifice n'a peu
Esbranler ton obeyssance:
Iamais ton cœur n'a consenty
Aux factions d'aucun party
Qui nous ait esmeu de l'orage:
Et si quelque chose d'humain
Nous a garentis du naufrage,
Nous ne le deuons qu'à ta main.

C'eſt elle qui durant le cours
  De trois effroyables tempeſtes,
  A touſiours eſté le ſecours
  Où nous auons ſauué nos teſtes,
  Comme tous les iours nos mutins
  Alloient menaçant nos deſtins
  De quelques nouuelles ruïnes:
  Auſsi ta main nous a produit
  Pour nous tirer de ces eſpines,
  Tous les iours quelque nouueau fru

Que pouuoient ſouhaiter nos vœux
  Apres ceſte heureuſe iournee,
  Qui luy veid eſtreindre les nœuds
  De cet adorable Hymenee,
  Par qui deux Royaumes vnis
  Ont en fin leurs diſcords finis,
  Qui leur auoient fait tant d'alarme
  Et par qui nos ſeditions
  Euſſent par de plus fortes armes
  Entretenu leurs factions.

e le mal-heur n'espargne rien
De ce qui peut faire vn outrage,
S'obstine contre nostre bien
Tout ce que l'enfer a de rage,
Tant que ta main sera pour nous
Nous nous rirons de son courrous,
Les dieux ne sçauroiët pour nous nuire
Tirer tant de monstres d'enfer,
Que ta maison nous sçait produire
D'Hercules pour les estoufer.

vn effet assez commun
Au bon-heur d'vne tige Illustre,
De produire tousiours quelqu'vn
ui puisse en accroistre le lustre,
ais de voir en toute saison
ant de Princes d'vne maison,
t les voir durant tant d'annees
ous valeureux esgalement,
est vn bien que les destinees
e donnent qu'aux tiens seulement.

Qui ne void de quelle vigueur
  Tes deux freres on l'ame pleine?
Qui n'a point admiré le cœur
  De ce grand Paris de Lorraine,
Qui desia passoit en renom
Celuy dont il portoit le nom,
  Par sa valeur & par sa grace:
Et comme luy tiroit encor
Cet aduantage de sa race
  D'auoir pour son frere vn Hector.

Tous ceux que les âges passez
  Ont flatté dedans leurs Histoires,
Encor les a-t'il deuancez,
  Par ses meurs & par ses victoires:
Aussi n'auons-nous auiourd'huy
Rien qui soit comparable à luy:
  Et qui peut estre en esperance
D'en reuoir vn autre pareil,
Peut auec autant d'apparence
  Esperer vn autre Soleil.

Cais i'abuse de ton loisir
Pour suiure vne œuure commencee,
Qui te fait perdre le plaisir
De quelque plus haute pensee:
Et puis que ton cœur indonté
A tousiours dans la volonté
Quelque exploit digne de memoire,
Ie ne fais que t'importuner,
Et te desrobe de la gloire
Lors que ie pense t'en donner.

rce n'est pas tout (Grand Guerrier)
D'auoir rendu nos troubles calmes,
L'honneur d'vn si fameux laurier
T'inuite à des nouuelles palmes:
Tu dois au bon-heur de LOVIS
D'autres miracles inoüis:
Il faut que ce courage mesme
Qu'on a tousiours veu se roidir
A raffermir son diadesme,
Le luy sçache encor agrandir.

Pour rendre nos vœux accomplis
Il faut que ton bras indomptable
Aille planter les Fleurs de Lis
Par toute la terre habitable:
Va donc par tes rares explois
Mettre le monde sous ses Lois,
Et fais (Grand Duc) que la Prouen
Qui le reconnoit pour son Dieu,
Maintenant le bord de la France,
En soit quelque iour le milieu.

Tes ayeulx auoient tousiours eu
Cet aduantage memorable,
Qu'il n'auoit iamais rien paru
Qui leur peust estre comparable:
Mais ta vaillance & ton bon-heur
Leur ont desrobé cet honneur,
Ainsi d'vne mesme aduenture,
Puissent les tiens iustes vengeurs,
Te faire vn iour la mesme iniure
Que ton nom fait à tes Maieurs.

insi puissent les mesmes Dieux
Qui t'ont esté si fauorables,
S'ils ne peuuent pas faire mieux,
Rendre leurs graces perdurables,
Iamais les destins irritez
N'offencent tes prosperitez :
Et ceste Deesse importune,
De qui la gloire est de changer,
Ou ne change point ta fortune,
Ou la change pour t'obliger.

FIN.

SC. DV PERIER.